总 策 划 ◎ 陈越光

总 创 意 ◎ 戴士和

选　　编 ◎ 中国青少年发展基金会

注　　音
　　　　　◎ 中国文化书院
注　　释

　　　　　　尹　洁（子集、丑集）　　刘　一（寅集、卯集）

注释小组 ◎ 杨　阳（辰集、巳集）　　丛艳姿（午集、未集）

　　　　　　黄漫远（申集、酉集）　　方　芳（戌集、亥集）

注释统稿 ◎ 徐　梓

文稿审定 ◎ 陈越光

装帧设计 ◎ 陈卫和

十二生肖图绘制 ◎ 戴士和

诵　　读 ◎ 喻　梅　齐靖文

审　　读 ◎ 陈　光　李赠华　黄　丽　林　巧　王亚苹
　　　　　　吕　飞　刘　月　帖慧祯　赵一普　白秋霞

中华古诗文读本

卯集

中国青少年发展基金会　　编

中国文化书院　注　释

陈越光　总策划

中国大百科全书出版社

致读者

这是一套为"中华古诗文经典诵读工程"而编辑的图书，主要有以下几个特点：

1. 版本从众，尊重教材。教材已选篇目，除极个别注音、标点外，均以教材为准，且在标题处用★标示；教材未选篇目，选择通用版本。

2. 注音读本，规范实用。为便于读者准确诵读，按现代汉语规范对所选古诗文进行注音。其中，为了音韵和谐，个别词语按传统读法注音。

3. 简注详注，相得益彰。为便于读者集中注意力，沉浸式诵读，正文部分只对必要的字词进行简注。后附有针对各篇的详注，以便于读者进一步理解。每页上方标有篇码。正文篇码与解注篇码标识一致，互为阴阳设计，以便于读者逐篇查找相关内容。

4. 准确诵读，规范引领。特邀请中国传媒大学播音主持艺术学院的专家进行诵读。正确的朗读，有助于正确的理解。铿锵悦耳的古诗文音韵魅力，可以加深印象，帮助记忆，从而达到诵读的效果。

5. 科学护眼，方便阅读。按照国家2022年的新要求，通篇字体主要使用楷体、宋体，字号以四号为基本字号。同时，为求字距疏朗，选用大开本；为求色泽柔和，选用暖色调淡红色并采用双色印刷。

读千古美文　做少年君子

20多年前，一句"读千古美文，做少年君子"的行动口号，一个"直面经典，不求甚解，但求熟背，终身受益"的操作理念，一套"经典原文，历代名篇，拼音注音，版本从众"的系列读本，一批以"激活传统，继往开来，素质教育，人文为本"为己任的教师辅导员，一台"以朗诵为主，诵演唱并茂"的古诗文诵读汇报演出……活跃在百十个城市、千百个县乡、几万所学校、几百万少年儿童中间，带动了几千万家长，形成一个声势浩大的"中华古诗文经典诵读工程"。

今天，我们再版被誉称为"经典小红书"的《中华古诗文读本》，续航古诗文经典诵读工程。当年的少年君子已为人父母，新一代再起书声琅琅，而在这琅琅书声中成长起来的人们，在他们漫长的一生中，将无数次体会到历史化作诗文词句和情感旋律在心中复活……

从孔子到我们，2500年的时间之风吹皱了无数代中华儿女的脸颊。但无论遇到什么，哪怕是在历史的寒风中，只要我们静下心来，从利害得失的计较中，甚至从生死成败的挣扎中抬起头来，我们总会看到一抹阳光。阳光下，中华文化的山峰屹立，我们迎面精神的群山——先秦诸子，汉赋华章，魏晋风骨，唐诗宋词，理学元曲，明清小说……一座座青山相连！无论你身在何处，无论你所处的境遇如何，一个真正文化意义上的中国人，只要你立定脚跟，背后山头飞不去！

陈越光

2023年1月8日

★陈越光：中国文化书院院长、西湖教育基金会理事长

激活传统　继往开来

　　21世纪来临了，谁也不可能在一张白纸上描绘新世纪。21世纪不仅是20世纪的承接，而且是以往全部历史的承接。江泽民主席在访美演讲中说："中国在自己发展的长河中，形成了优良的历史文化传统。这些传统，随着时代变迁和社会进步获得扬弃和发展，对今天中国的价值观念、生活方式和中国的发展道路，具有深刻的影响。"激活传统，继往开来，让21世纪的中国人真正站在五千年文化的历史巨人肩上，面向世界，开创未来。可以说，这是我们应该为新世纪做的最重要的工作之一。

　　为此，中国青少年发展基金会在成功地推展"希望工程"的基础上，又将推出一项"中华古诗文经典诵读工程"。该项活动以组织少年儿童诵读、熟背中国经典古诗文的方式，让他们在记忆力最好的时候，以最便捷的方式，获得古诗文经典的基本熏陶和修养。根据"直面经典、有取有舍、版本从众"的原则，经专家推荐，我们选编了300余篇经典古诗文，分12册出版。能熟背这些经典，可谓有了中国文化的基本修养。据我们在上千名小学生中试验，每天诵读20分钟，平均三五天即可背诵一篇古文。诵读数年，终身受益。

　　背诵是儿童的天性。孩子们脱口而出的各种广告语、影视台词等，都是所谓"无意识记忆"。有心理学家指出，人的记忆力在儿童时期发展极快，到13岁达到最高峰。此后，主要是理解力的增强。所以，在记忆力最好的时候，少记点广告词，多背点经典，不求甚解，但求熟背，是在做一种终生可以去消化、理解的文化准备。这很难是儿童自己的选择，主要是家长的选择。

有的大学毕业生不会写文章，这是许多教育工作者不满的现状。中国的语言文字之根在古诗文经典，这些千古美文就是最好的范文。学习古诗文经典的最好方法就是幼时熟背。现在的学生们往往在高中、大学时期为文言文伤脑筋，这时内有考试压力，外有挡不住的诱惑，可谓既有"丝竹之乱耳"，又有"案牍之劳形"，此时再来背古诗文难道不是事倍功半吗？这一点等到学生们认识到往往已经晚了，师长们的远见才能避免"亡羊补牢"。

读千古美文，做少年君子。随着"中华古诗文经典诵读工程"的逐年推广，一代新人的成长，将不仅仅受益于千古美文的文学滋养——"天下为公"的理念；"宁为玉碎，不为瓦全"的风骨；"先天下之忧而忧，后天下之乐而乐"的胸怀；"富贵不能淫，贫贱不能移，威武不能屈"的操守；"位卑未敢忘忧国"的精神；"无为而无不为"的智慧；"己所不欲，勿施于人""己欲立而立人，己欲达而达人"的道德原则……这一切，都将成为新一代中国人重建人生信念的精神源泉。

愿有共同热情的人们，和我们一起来开展这项活动。我们只需做一件事：每周教孩子背几首古诗或一篇五六百字的古文经典。

书声琅琅，开卷有益；文以载道，继往开来！

陈越光

1998 年 1 月 18 日

★陈越光时任中国青少年发展基金会社区文化委员会主任、中国文化书院副院长。

与先贤同行　做强国少年

　　中华优秀传统文化源远流长，博大精深，是中华民族的宝贵精神矿藏。在这悠久的历史长河中，先后涌现出无数的先贤，这些先贤创作了卷帙浩繁的国学经典。回望先贤，回望经典，他们如星月，璀璨夜空；似金石，掷地有声；若箴言，醍醐灌顶。

　　为弘扬中华民族优秀传统文化，让广大青少年汲取中华优秀传统文化的养分，中国青少年发展基金会遵循习近平总书记寄语希望工程重要精神，结合新时代新要求，在二十世纪九十年代开展"中华古诗文经典诵读活动"的基础上，创新形式传诵国学经典，努力为青少年成长发展提供新助力、播种新希望。

　　"天行健，君子以自强不息；地势坤，君子以厚德载物。"与先贤同行，做强国少年。我们相信，新时代青少年有中华优秀传统文化的滋养，不仅能提升国学素养，美化青少年心灵，也必然增强做中国人的志气、骨气、底气，努力成长为强国时代的栋梁之材。

郭美荐

2023 年 1 月 16 日

★郭美荐：中国青少年发展基金会党委书记、理事长

目录

目录

目录

《论语》五章★

一

曾子曰："吾日三省①吾身：为人谋而不忠乎？与朋友交而不信乎？传②不习乎？"

选自《学而篇第一》

二

子曰："吾十有五而志于学，三十而立，四十而不惑，五十而知天命，六十而耳顺③，七十而从心④所欲，不

①省：反省。 ②传：老师的传授。 ③耳顺：善于听别人之言。
④从心：随心。

1

1

yú jǔ
逾矩⑤。"

xuǎn zì　　wéi zhèng piān dì èr
选自《为 政 篇第二》

三

zǐ yuē　　xián zāi　　huí yě　　yì dān shí　　yì
子曰："贤哉，回也！一箪⑥食，一

piáo yǐn　　zài lòu xiàng　　rén bù kān qí yōu　　huí yě bù
瓢饮，在陋巷⑦，人不堪其忧，回也不

gǎi qí lè　　xián zāi　　huí yě
改其乐。贤哉，回也！"

xuǎn zì　　yōng yě piān dì liù
选自《雍也篇第六》

四

zǐ yuē　　fàn shū shí　　yǐn shuǐ　　qū gōng ér
子曰："饭疏食⑧，饮水，曲肱⑨而

zhěn zhī　　lè yì zài qí zhōng yǐ　　bú yì ér fù qiě guì
枕之，乐亦在其中矣。不义而富且贵，

---

⑤逾矩：超越规矩法度。　⑥箪：古代盛饭用的圆形竹筐。　⑦陋
巷：陋室。⑧疏食：粗粮。　⑨肱：胳膊。

yú wǒ rú fú yún
于我如浮云。"

xuǎn zì　　shù ér piān dì qī
选自《述而篇第七》

五

zǐ xià yuē　　　　bó xué ér dǔ zhì　　　　qiè wèn　ér jìn
子夏曰:"博学而笃志⑩, 切问⑪而近

sī　　rén zài qí zhōng yǐ
思⑫, 仁在其中矣。"

xuǎn zì　　zǐ zhāng piān dì shí jiǔ
选自《子张 篇第十九》

---

⑩笃志:坚定志向。　⑪切问:恳切发问。　⑫近思:喜好思考。

《老子》二章

一

曲则全，枉则直；洼则盈，敝则新；少则得，多则惑。

是以圣人执一①为天下式②。不自见，故明；不自是，故彰；不自伐③，故有功；不自矜④，故能长。

夫唯不争，故天下莫能与之争。古之所谓"曲则全"者，岂虚言哉！

---

①执一：即执道。　②式：法式，法度。　③伐：自夸。　④矜：自大，骄傲。

^{chéngquán} ér guī zhī
诚 全⑤ 而 归 之⑥。

xuǎn zì 　shàng piān dào jīng èr shí èr zhāng
选自《 上 篇 道 经 二 十 二 章 》

二

wéi wú wéi 　shì wú shì 　wèi wú wèi 　dà xiǎo
为 无 为， 事 无 事， 味 无 味。 大 小

duō shǎo 　bào yuàn yǐ dé 　tú nán yú qí yì 　wéi dà
多 少⑦， 报 怨 以 德。 图 难 于 其 易， 为 大

yú qí xì 　tiān xià nán shì 　bì zuò yú yì 　tiān xià dà
于 其 细； 天 下 难 事， 必 作 于 易， 天 下 大

shì 　bì zuò yú xì 　shì yǐ shèng rén zhōng bù wéi dà
事， 必 作 于 细。 是 以 圣 人 终 不 为 大⑧，

gù néngchéng qí dà
故 能 成 其 大。

fú qīng nuò bì guǎ xìn 　duō yì bì duō nán 　shì yǐ
夫 轻 诺 必 寡 信， 多 易 必 多 难， 是 以

shèng rén yóu nán zhī 　gù zhōng wú nán yǐ
圣 人 犹 难 之， 故 终 无 难 矣。

xuǎn zì 　xià piān dé jīng liù shí sān zhāng
选自《 下 篇 德 经 六 十 三 章 》

---

⑤诚全：确实能保全。 ⑥归之：归真返璞。 ⑦大小多少：大生于小，
多起于少。 ⑧不为大：不自以为大。

3

《孟子》三则

一

孟子曰："自暴①者，不可与有言也。自弃者，不可与有为也。言非②礼义，谓之自暴也。吾身不能居仁由③义，谓之自弃也。仁，人之安宅也。义，人之正路也。旷安宅而弗居，舍正路而不由，哀哉！"

选自《离娄章句上》

---

①暴：糟蹋，损害。　②非：诋毁。　③由：行走，遵循。

二

孟子曰："广土众民，君子欲之，所乐不存焉。中天下而立，定四海之民，君子乐之，所性不存焉。君子所性，虽大行不加焉，虽穷居不损焉，分定故也。君子所性，仁义礼智根于心，其生色也，睟然④见于面，盎⑤于背，施于四体，四体不言而喻。"

选自《尽心章句上》

三

公都子问曰："钧⑥是人也，或为大

---

④睟然：温润和顺的样子。　⑤盎：显现。　⑤钧：同"均"，都。

人，或为小人，何也？"

　　孟子曰："从其大体为大人，从其小体为小人。"

　　曰："钧是人也，或从其大体，或从其小体，何也？"

　　曰："耳目之官不思，而蔽于物。物交物，则引之而已矣。心之官则思，思则得之，不思则不得也。此天之所与我者，先立乎其大者，则其小者弗能夺也。此为大人而已矣。"

选自《告子章句上》

《庄子》三则

一

劳神明①为一而不知其同也，谓之朝三。何谓朝三？狙公赋芋②，曰："朝三而暮四。"众狙皆怒。曰："然则朝四而暮三。"众狙皆悦。名实未亏③而喜怒为用，亦因是也。是以圣人和④之以是非而休乎天钧⑤，是之谓两行⑥。

选自《齐物论第二》

---

①神明：心思，心神。　②赋芋：分发橡子，给予橡子。　③亏：减少。
④和：调和。　⑤天钧：自然调和。　⑥两行：任由是非两方各自发展。

二

南海之帝为儵，北海之帝为忽，中央之帝为浑沌。儵与忽时相与遇于浑沌之地，浑沌待之甚善。儵与忽谋报⑦浑沌之德，曰："人皆有七窍⑧以视听食息，此独无有，尝试凿之。"日凿一窍，七日而浑沌死。

选自《应帝王第七》

三

庄子钓于濮水。楚王使大夫二人往先⑨焉，曰："愿以境内累矣！"庄子

⑦谋报：计划回报。 ⑧七窍：指眼、耳、口、鼻七孔。 ⑨先：先为致敬之意。

持竿不顾，曰："吾闻楚有神龟，死已
三千岁矣，王巾笥⑩而藏之庙堂之上。
此龟者，宁其死为留骨而贵乎？宁其
生而曳⑪尾于涂中⑫乎？"二大夫曰：
"宁生而曳尾涂中。"庄子曰："往
矣！吾将曳尾于涂中。"

选自《秋水第十七》

---

⑩巾笥：布帛竹箱。 ⑪曳：摇。 ⑫涂中：泥中。

5

《黄帝四经》一则

法度者，正之至也。而以法度治①
者，不可乱也。而生法度②者，不可乱
也。精公无私而赏罚信，所以治也。

省苛事③，节赋敛，毋夺民时，治
之安。无父之行，不得子之用；无母之
德，不能尽民之力。父母之行备，则天
地之德也。三者备，则事得矣。能收
天下豪杰骁雄④，则守御⑤之备具矣。审

---

①以法度治：即依法治理。　②生法度：创立制度、颁布法律。
③苛事：指事情过多过烦。　④骁雄：骁勇之人。　⑤守御：防守。

yú xíng wén wǔ zhī dào　　zé tiān xià bīn yǐ　　hào lìng hé
于行文武之道，则天下宾⑥矣。号令合

yú mín xīn　　zé mín tīng lìng　　jiān ài wú sī　　zé mín
于民心，则民听令。兼爱无私，则民

qīn shàng
亲上。

xuǎn zì　　jīng fǎ　　jūn zhèng dì sān
选自《经法·君正第三》

⑥宾：即宾服，归顺，服从。

6

《礼记》一则 ★

大学之道，在明明德①，在亲民②，在止于至善③。

知止而后有定，定而后能静，静而后能安，安而后能虑，虑而后能得。

物有本末，事有终始。知所先后，则近道矣。

古之欲明明德于天下者，先治其国。欲治其国者，先齐其家。欲齐其家者，先修其身。欲修其身者，先正其

---

①明明德：彰显人光明的德行。　②亲民：新民，使人自新。
③止于至善：达到最美善的境界。

6

心。欲正其心者，先诚其意。欲诚其

意者，先致其知④。致知在格物⑤。

物格而后知至，知至而后意诚，

意诚而后心正，心正而后身修，身

修而后家齐，家齐而后国治，国治而后

天下平。

自天子以至于庶人，壹是⑥皆以修

身为本。其本乱而末治者否矣。其所厚

者薄，而其所薄者厚，未之有也！此谓

知本，此谓知之至⑦也。

选自《大学篇》

---

④致其知：获得知识。 ⑤格物：推究事物的原理。 ⑥壹是：全部，一切。 ⑦知之至：学习知识的最高境界。

7

《列子》一则

伯牙善鼓琴①，锺子期善听。伯牙鼓琴，志②在登高山。锺子期曰："善哉！峨峨兮若泰山！"志在流水，锺子期曰："善哉！洋洋兮若江河！"伯牙所念③，锺子期必得之。伯牙游于泰山之阴，卒④逢暴雨，止于岩下；心悲，乃援琴而鼓之。初为霖雨⑤之操，更造崩山之音。曲每奏，锺子期辄穷其趣⑥。伯牙乃舍琴而叹曰："善哉，善

---

①鼓琴：弹琴。　②志：向往。　③念：想法，念头。　④卒：通"猝"，突然。　⑤霖雨：连下几天的大雨。　⑥穷其趣：领会其中的旨趣。

哉，子之听夫！志想象犹吾心也。吾于何逃声哉？"

选自《汤问第五》

8

《韩非子》一则

所谓方①者，内外相应也，言行相称也。所谓廉②者，必生死之命也，轻恬③资财也。所谓直者，义④必公正，公心不偏党也。所谓光⑤者，官爵尊贵，衣裘壮丽也。今有道之士，虽中外⑥信顺，不以诽谤穷堕；虽死节轻财，不以侮罢羞贪；虽义端不党，不以去邪罪私；虽势尊衣美，不以夸贱欺贫。其故

---

①方：人的品行端正。 ②廉：清高廉洁，有节操。 ③轻恬：轻淡，淡薄。 ④义：通"议"，议论，主张。 ⑤光：显贵光荣。 ⑥中外：内心和外表。

何也？使失路者⑦而肯听习⑧问知⑨，即不
成迷也。今众人之所以欲成功而反
为败者，生于⑩不知道理，而不肯问知
而听能⑪。众人不肯问知听能，而圣
人强以其祸败适⑫之，则怨。

选自《解老》

---

⑦失路者：迷路的人。 ⑧听习：向熟悉、了解的人打听。 ⑨问
知：向知道的人请教。 ⑩生于：由于，因为。 ⑪听能：向贤能的人
打听。 ⑫适：通"谪"，责备。

《吕氏春秋》一则

石可破也，而不可夺①坚；丹可磨②也，而不可夺赤。坚与赤，性之有也。性也者，所受于天也，非择取而为之也。豪士之自好③者，其不可漫④以污也，亦犹此也。

选自《季冬纪第十二》

①夺：使失去，改变。　②磨：磨碎。　③自好：自尊。　④漫：玷污。

师说★

韩愈

古之学者必有师。师者，所以传道受业解惑也。人非生而知之者，孰能无惑？惑而不从师，其为惑也，终不解矣。生乎吾前，其闻道也固先乎吾，吾从而师之；生乎吾后，其闻道也亦先乎吾，吾从而师之。吾师道①也，夫庸知②其年之先后生于吾乎？是故无贵无贱，无长无少，道之所存，师之所存也。

①吾师道：我师从的是道。　②庸知：岂知，何必知。

嗟乎！师道③之不传也久矣！欲人之无惑也难矣！古之圣人，其出人也远矣，犹且从师而问焉；今之众人，其下圣人也亦远矣，而耻学于师。是故圣益圣，愚益愚。圣人之所以为圣，愚人之所以为愚，其皆出于此乎？

爱其子，择师而教之；于其身也，则耻师焉，惑矣④。彼童子之师，授之书而习其句读⑤者，非吾所谓传其道解其惑者也。句读之不知，惑之不解，或

---

③师道：为师之道，从师之道。　④惑矣：糊涂啊。　⑤句读：古人指文章休止和顿处。"句"指句末的停顿，"读"指句中语气的停顿。

师焉，或不焉，小学而大遗，吾未见其
明也。

　　巫医乐师百工之人[6]，不耻相师[7]。
士大夫之族，曰师曰弟子云者，则群聚
而笑之。问之，则曰："彼与彼年相若
也，道相似也，位卑则足羞，官盛[8]
则近谀。"呜呼！师道之不复，可知矣。
巫医乐师百工之人，君子不齿[9]，今其
智乃反不能及，其可怪也欤！

　　圣人无常师[10]。孔子师郯子、苌
弘、师襄、老聃。郯子之徒，其贤不及

---

⑥百工之人：各种从事手工技艺的人。　⑦相师：相互学习。
⑧官盛：官职很高。　⑨不齿：不与同列，瞧不起。　⑩无常师：没有
固定的老师。

10

孔子。孔子曰：三人行，则必有我师。是故弟子不必不如师，师不必贤于弟子，闻道有先后，术业⑪有专攻⑫，如是而已。

---

⑪术业：学术技艺，学业。　⑫专攻：专门研究。

太极图说

周敦颐

无极而太极。太极动而生阳，动极而静，静而生阴，静极复动。一动一静，互为其根①；分阴分阳，两仪②立焉。阳变阴合而生水火木金土，五气③顺布④，四时行焉。五行一阴阳也，阴阳一太极也，太极本无极也。

五行之生也，各一其性。无极之真⑤，二⑥五⑦之精，妙合而凝。"乾道成

①根：根基。 ②两仪：指天地。 ③五气：指五行之气。 ④布：流传，流布。 ⑤真：指最微妙精粹的东西，与下文的"精"同义。 ⑥二：指阴、阳二气。 ⑦五：指五行。

男，坤道成女。"二气交感⑧，化生⑨万物，万物生生而变化无穷焉。

唯人也，得其秀而最灵。形⑩既生矣，神⑪发知矣。五性感动，而善恶分，万事出矣。圣人定之以中正仁义，而主静，立人极⑫焉。

故圣人"与天地合其德，日月合其明，四时合其序，鬼神合其吉凶"，君子修之吉，小人悖⑬之凶。故曰："立⑭天之道，曰阴与阳；立地之道，曰柔与刚；立人之道，曰仁与义。"又曰："原

---

⑧交感：相互感应。 ⑨化生：发育滋长。 ⑩形：形体。 ⑪神：精神。 ⑫人极：指做人的最高标准。 ⑬悖：违背。 ⑭立：确立。

始反终，故知死生之说。"大哉《易》
也，斯其至矣！

满井游记

袁宏道

燕地寒，花朝节后，余寒犹厉①。冻风②时作③，作则飞沙走砾④，局促一室之内，欲出不得。每冒风驰行，未百步，辄⑤返。

廿二日，天稍和⑥，偕⑦数友出东直，至满井。高柳夹堤，土膏⑧微润，一望空阔，若脱笼之鹄⑨。于时冰皮⑩始解，波色乍⑪明，鳞浪⑫层层，清澈见

---

①厉：猛烈。　②冻风：寒风。　③作：起，刮。　④砾：小石子。　⑤辄：就。
⑥和：暖和。　⑦偕：同。　⑧土膏：肥沃的土地。　⑨鹄：天鹅。
⑩冰皮：冰面。　⑪乍：忽然。　⑫鳞浪：像鱼鳞一样的波纹。

底，晶晶然⑬如镜之新开，而冷光之乍出于匣也。山峦为晴雪所洗，娟然⑭如拭，鲜妍明媚，如倩女之靧面⑮，而髻鬟之始掠也。柳条将舒未舒，柔梢披风。麦田浅鬣⑯寸许。游人虽未盛，泉而茗者，罍而歌者，红装而蹇者，亦时时有。风力虽尚劲，然徒步则汗出浃背。凡曝沙⑰之鸟，呷浪⑱之鳞，悠然自得，毛羽鳞鬣之间，皆有喜气。始知郊田之外，未始无春，而城居者未之知也。

---

⑬晶晶然：光亮的样子。　⑭娟然：明媚的样子。　⑮靧面：洗脸。
⑯鬣：兽类颈上的长毛，这里指麦苗。　⑰曝沙：在沙滩上晒太阳。
⑱呷浪：吞吸水波。

夫能不以游堕⑲事，而潇然⑳于山石草木之间者，惟此官也。而此地适㉑与余近，余之游将自此始，恶能㉒无纪？己亥之二月也。

---

⑲堕：荒废。⑳潇然：不受拘束的样子。㉑适：恰好。㉒恶能：怎能。

13

梧 桐

李 渔

梧桐一树，是草木中一部编年史也。举世习①焉不察，予特表②而出③之。

花木种自何年？为寿几何岁？询之主人，主人不知；询之花木，花木不答。谓之"忘年交"，则可；予④以知时达务，则不可也。梧桐不然，有节⑤可纪，生一年纪一年。树有树之年，人即纪人之年，树小而人与之小，树大而

---

①习：习惯于。　②表：表彰，显扬。　③出：显露。　④予：通"与"，赞许。　⑤节：树木各段之间相连的地方。

人随之大。观树即所以观身。《易》曰："观我生，进退。"欲观我生，此其资⑥也。

予垂髫种此，即于树上刻诗以纪年⑦，每岁一节，即刻一诗，惜为兵燹⑧所坏，不克⑨有终。犹记十五岁刻桐诗云："小时种梧桐，树叶小于艾。簪头⑩刻小诗，字瘦皮不坏。刹那三五年，桐大字亦大。桐字已如许⑪，人大复何怪！还将感叹词，刻向前诗外。新字日相催⑫，旧字不相待。顾此新旧痕，而为

---

⑥资：资料，凭证。　⑦纪年：记录年龄。　⑧兵燹：战火焚毁。
⑨克：能。　⑩簪头：簪子的尖。　⑪如许：这般。　⑫催：催促。

悠忽⑬戒！"此予婴年⑭著作，因说梧桐，偶尔记及，不⑮则竟忘之矣。即此一事，便受梧桐之益。然则编年之说，岂欺人语乎？

---

⑬悠忽：轻忽，消磨岁月。　⑭婴年：少年。　⑮不：同"否"。

14

汉古诗一首
hàn gǔ shī yì shǒu

行行①重②行行，与君生别离。
xíng xíng chóng xíng xíng　　yǔ jūn shēng bié lí

相去③万余里，各在天一涯④。
xiāng qù wàn yú lǐ　　gè zài tiān yì yá

道路阻⑤且⑥长，会面安⑦可知？
dào lù zǔ qiě cháng　　huì miàn ān kě zhī

胡马依⑧北风，越鸟巢⑨南枝。
hú mǎ yī běi fēng　　yuè niǎo cháo nán zhī

相去日已远，衣带日已缓⑩。
xiāng qù rì yǐ yuǎn　　yī dài rì yǐ huǎn

浮云蔽白日，游子不顾⑪返⑫。
fú yún bì bái rì　　yóu zǐ bú gù fǎn

思君令人老，岁月忽⑬已晚。
sī jūn lìng rén lǎo　　suì yuè hū yǐ wǎn

弃捐⑭勿复道⑮，努力加餐饭。
qì juān wù fù dào　　nǔ lì jiā cān fàn

---

①行行：不停地走。 ②重：又。 ③去：距离。 ④涯：方，边际。
⑤阻：险阻。 ⑥且：又。 ⑦安：怎么，哪里。 ⑧依：依恋。 ⑨巢：筑
巢。 ⑩缓：宽松。 ⑪顾：眷念。 ⑫返：回家。 ⑬忽：迅速，指时
间过得很快。 ⑭弃捐：抛弃，丢下。 ⑮道：说。

《咏史》其二

左思

郁郁①涧②底松，离离③山上苗④，

以彼径⑤寸茎⑥，荫⑦此百尺条。

世胄蹑⑧高位，英俊沉下僚⑨。

地势使之然，由来非一朝⑩。

金张籍⑪旧业⑫，七叶珥⑬汉貂。

冯公岂不伟⑭，白首⑮不见招⑯。

---

①郁郁：树木茂盛的样子。 ②涧：山间的水沟。 ③离离：柔弱下垂的样子。④苗：初生的植物。⑤径：直径。⑥茎：植物的主干。⑦荫：遮盖。 ⑧蹑：登。 ⑨下僚：职位低微的官职。 ⑩一朝：一时。 ⑪籍：同"藉"，凭借，依靠。⑫旧业：先人的功业。⑬珥：插。⑭伟：奇伟，特异。 ⑮白首：白头，指人老发白。 ⑯见招：被召见，指受重用。

huáng hè lóu
黄鹤楼 ★

cuī hào
崔 颢

xī rén yǐ chéng huáng hè qù
昔人①已乘 黄鹤去，

cǐ dì kòng yú huáng hè lóu
此地空余黄鹤楼。

huáng hè yí qù bú fù fǎn
黄鹤一去不复返，

bái yún qiān zǎi kōng yōu yōu
白云千载空悠悠②。

qíng chuān lì lì hàn yáng shù
晴川历历③汉阳树，

fāng cǎo qī qī yīng wǔ zhōu
芳草萋萋④鹦鹉洲。

rì mù xiāng guān hé chù shì
日暮乡关⑤何处是？

yān bō jiāng shàng shǐ rén chóu
烟波⑥江上使人愁。

---

①昔人:指传说中的仙人。 ②悠悠:游荡的样子。 ③历历:分明的样子。 ④萋萋:草茂盛的样子。 ⑤乡关:故乡。 ⑥烟波:雾霭苍茫的水面。

山居秋暝①★

shān jū qiū míng

王　维
wáng　wéi

空山新雨②后，天气晚来秋。
kōng shān xīn yǔ hòu　tiān qì wǎn lái qiū

明月松间照，清泉石上流。
míng yuè sōng jiān zhào　qīng quán shí shàng liú

竹喧③归浣女④，莲动下渔舟。
zhú xuān guī huàn nǚ　lián dòng xià yú zhōu

随意春芳⑤歇⑥，王孙自可留。
suí yì chūn fāng xiē　wáng sūn zì kě liú

---

①暝：天黑，夜色初临。　②新雨：刚下过雨。　③喧：响动。
④浣女：洗衣服的女子。　⑤春芳：春天的花草。　⑥歇：消失，凋谢。

18

白雪歌送武判官归京 ★

岑参

北风卷地白草①折，

胡天②八月即飞雪。

忽如一夜春风来，

千树万树梨花开。

散入③珠帘湿罗幕，

狐裘不暖锦衾薄。

将军角弓不得控④，

都护铁衣冷难着⑤。

---

①白草：边地牧草，因秋天变白，故称。 ②胡天：指西北一带的天气。 ③散入：分散落入。 ④控：拉开。 ⑤着：穿。

18

hàn hǎi lán gān bǎi zhàng bīng
瀚海⑥阑干⑦百丈冰，

chóu yún cǎn dàn wàn lǐ níng
愁云惨淡万里凝⑧。

zhōng jūn zhì jiǔ yìn guī kè
中军置酒饮⑨归客，

hú qín pí pá yǔ qiāng dí
胡琴琵琶与羌笛。

fēn fēn mù xuě xià yuán mén
纷纷暮雪下辕门⑩，

fēng chè hóng qí dòng bù fān
风掣⑪红旗冻不翻。

lún tái dōng mén sòng jūn qù
轮台东门送君去，

qù shí xuě mǎn tiān shān lù
去时雪满天山路。

shān huí lù zhuǎn bú jiàn jūn
山回⑫路转⑬不见君，

xuě shàng kōng liú mǎ xíng chù
雪上空⑭留马行处。

---

⑥瀚海：大沙漠。 ⑦阑干：纵横交错的样子。 ⑧凝：聚。 ⑨饮：宴请。 ⑩辕门：军营的门。 ⑪掣：拽，扯。 ⑫山回：山势曲折。 ⑬路转：道路迂回。 ⑭空：仅，只。

19

shān xíng
山 行 ★

dù mù
杜 牧

yuǎn shàng hán shān shí jìng xié
远 上 寒 山①石 径 斜，

bái yún shēng chù yǒu rén jiā
白 云 生 处②有 人 家。

tíng chē zuò ài fēng lín wǎn
停 车 坐③爱 枫 林 晚④，

shuāng yè hóng yú èr yuè huā
霜 叶⑤红 于 二 月 花。

---

①寒山：冷落寂静的山。 ②生处：升起的地方。 ③坐：因为。
④晚：指夕阳晚照。 ⑤霜叶：指经霜变红的枫叶。

yú jiā ào
渔家傲 ★

fàn zhòng yān
范仲淹

塞下秋来风景异，衡阳雁去无留意①。四面边声连②角起，千嶂③里，长烟④落日孤城闭。

浊酒一杯家万里，燕然未勒⑤归无计⑥。羌管悠悠⑦霜满地，人不寐⑧，将军白发征夫⑨泪。

①留意:流连之意。 ②连:紧随。 ③嶂:像屏风一样的山峰。 ④长烟:指弥漫在空中的雾气。 ⑤勒:在碑上刻字。 ⑥无计:没办法。 ⑦悠悠:长久的样子。 ⑧不寐:睡不着。 ⑨征夫:指随军出征的士卒。

21

wàng hǎi cháo
望海潮 ★

liǔ   yǒng
柳 永

dōng nán xíng shèng   sān wú dū huì   qián táng zì
东南形胜①，三吴都会②，钱塘自

gǔ fán huá   yān liǔ huà qiáo   fēng lián cuì mù   cēn cī   shí wàn rén
古繁华。烟柳画桥，风帘翠幕，参差③十万人

jiā   yún shù rào dī shā   nù tāo juǎn shuāng xuě   tiān qiàn wú
家。云树绕堤沙，怒涛卷霜雪④，天堑⑤无

yá   shì liè zhū jī   hù yíng luó qǐ   jìng háo shē
涯。市列珠玑，户盈罗绮，竞豪奢⑥。

chóng hú dié yǎn qīng jiā   yǒu sān qiū guì zǐ   shí lǐ
重湖叠巘⑦清嘉⑧，有三秋桂子，十里

hé huā   qiāng guǎn nòng qíng   líng gē fàn yè   xī xī diào
荷花。羌管弄⑨晴，菱歌泛⑩夜，嬉嬉⑪钓

sǒu lián wá   qiān qí yōng gāo yá   chéng zuì tīng xiāo gǔ
叟莲娃。千骑拥⑫高牙，乘醉听箫鼓，

---

①形胜：地势优越便利或风景优美的地方。 ②都会：大城市。
③参差：不整齐的样子，此处指建筑物。 ④霜雪：形容浪涛白如
霜雪。 ⑤天堑：天然的沟，指地势险要。 ⑥竞豪奢：争相豪华奢
侈。 ⑦叠巘：重叠的山峰。 ⑧清嘉：清秀佳丽。 ⑨弄：演奏。
⑩泛：漂浮。 ⑪嬉嬉：嬉戏快乐的样子。 ⑫拥：保护。

<ruby>吟<rt>yín</rt></ruby> <ruby>赏<rt>shǎng</rt></ruby>⑬ <ruby>烟<rt>yān</rt></ruby> <ruby>霞<rt>xiá</rt></ruby>。 <ruby>异<rt>yì</rt></ruby> <ruby>日<rt>rì</rt></ruby> <ruby>图<rt>tú</rt></ruby> <ruby>将<rt>jiāng</rt></ruby>⑭ <ruby>好<rt>hǎo</rt></ruby> <ruby>景<rt>jǐng</rt></ruby>， <ruby>归<rt>guī</rt></ruby> <ruby>去<rt>qù</rt></ruby> <ruby>凤<rt>fèng</rt></ruby>

<ruby>池<rt>chí</rt></ruby> <ruby>夸<rt>kuā</rt></ruby>。

---

⑬吟赏:吟咏欣赏。 ⑭图将:指画出来。

踏莎行

欧阳修

候馆①梅残，溪桥柳细。草薰②风暖摇征③辔。离愁渐远渐无穷，迢迢④不断如春水。

寸寸柔肠，盈盈⑤粉泪⑥。楼高莫近危阑⑦倚⑧。平芜⑨尽处是春山，行人更在春山外。

---

①候馆：旅舍。②草薰：青草发出的香气。③征：远行。④迢迢：漫长、绵长的样子。　⑤盈盈：泪水充溢的样子。　⑥粉泪：女子的眼泪。⑦危阑：高处的栏杆。　⑧倚：靠。　⑨平芜：平坦的草地。

如梦令
李清照

昨夜雨疏风骤[1]，浓睡[2]不消[3]残酒。

试问卷帘人，却道海棠依旧[4]。知否，

知否？应是绿肥红瘦。

①骤：急劲。　②浓睡：酣睡。　③消：消解。　④依旧：仍然如故。

24

南乡子·登京口北固亭有怀①★

辛弃疾

何处望神州？满眼风光②北固楼③。

千古兴亡多少事？悠悠④。不尽长江滚滚流。

年少万兜鍪，坐断⑤东南战未休。

天下英雄谁敌手⑥？曹刘。生子当如孙仲谋。

---

①有怀：有所感怀。　②风光：景色。　③北固楼：即北固亭。
④悠悠：漫长遥远。　⑤坐断：占据，把住。　⑥敌手：对手。

扬州慢 ★
（yáng zhōu màn）

姜 夔
（jiāng kuí）

淮左名都①，竹西佳处②，解鞍少
（huái zuǒ míng dū　zhú xī jiā chù　jiě ān shǎo）

驻③初程④。过春风十里，尽荠麦青青。
（zhù chū chéng　guò chūn fēng shí lǐ　jìn jì mài qīng qīng）

自胡马⑤窥江去后，废池乔木，犹厌言
（zì hú mǎ kuī jiāng qù hòu　fèi chí ciáo mù　yóu yàn yán）

兵。渐黄昏，清角⑥吹寒，都在空城。
（bīng　jiàn huáng hūn　qīng jiǎo chuī hán　dōu zài kōng chéng）

杜郎俊赏⑦，算⑧而今，重到⑨须
（dù láng jùn shǎng　suàn ér jīn　chóng dào xū）

惊⑩。纵豆蔻词工⑪，青楼梦好，难赋
（jīng　zòng dòu kòu cí gōng　qīng lóu mèng hǎo　nán fù）

深情。二十四桥仍在，波心荡，冷
（shēn qíng　èr shí sì qiáo réng zài　bō xīn dàng　lěng）

①名都：著名城市。 ②佳处：优美之处，胜地。 ③少驻：稍微停留
一下。 ④初程：刚开始的旅程。 ⑤胡马：这里指金兵。⑥清角：凄
凉的号角。 ⑦俊赏：快意的游赏。 ⑧算：料想。 ⑨重到：再到。
⑩须惊：应该为之吃惊。 ⑪词工：指诗文精巧。

月_{yuè} 无_{wú} 声_{shēng} 。 念_{niàn}⑫ 桥_{qiáo} 边_{biān} 红_{hóng} 药_{yào} ， 年_{nián} 年_{nián} 知_{zhī} 为_{wèi} 谁_{shuí}

生_{shēng} ？

---

⑫念：想到。

《论语》五章

题　解

　　《论语》是最重要的儒家经典之一，书中收录的内容主要为孔子及其弟子的言语和事迹，故称"语"；其书系由孔子弟子及再传弟子"辑而论纂"即编辑整理而成，故称"论"。全书共二十篇，每篇均取首章前两字作为篇名，如《学而篇第一》《为政篇第二》等。这里所选五章，既有劝勉向学的内容，更有安贫乐道的处世态度。

作　者

　　孔子，名丘，字仲尼，春秋末期鲁国陬邑（今山东曲阜）人。著名的思想家和教育家。他"学而不厌，诲人不倦"，开办私学，广收门徒，弟子甚众，并在长期教学实践中总结出一套行之有效的方法。他整理、编订的《诗》《书》《礼》《乐》《易》《春秋》，成为我们民族文化的经典。他的学说经过补充、改造，成为中国古代社会的正统思想，其本人也被尊奉为"圣人"。

注　释

　　曾子：名参，字子舆，春秋末期鲁国人。孔子的学生，以孝著称。有学者认为,《大学》《孝经》即出自其手。

吾日三省吾身:我每天多次反省我的思想行为。

为人谋而不忠乎:替别人办事是否尽心尽力呢?

与朋友交而不信乎:同朋友交往是否诚实守信呢?

传不习乎:老师传授的学业是否经常温习呢?

吾十有五而志于学:我十五岁时,有志于学问。

三十而立:三十岁时,小有所成,能够自立。

四十而不惑:四十岁有了分辨能力,不再疑惑。

五十而知天命:五十岁明白了天命。

六十而耳顺:六十岁听人说话,就可分辨是非真假。

七十而从心所欲,不逾矩:七十岁随心所欲,也不会越出规矩。

一箪食,一瓢饮:一筐饭食,一瓢饮水。

人不堪其忧:别人不能忍受这样的忧患。

饭疏食:吃粗糙的饭。

曲肱而枕之:弯着胳膊做枕头。

不义而富且贵:没有道义的富贵。

子夏:姓卜名商,字子夏,春秋末卫国人,孔子的学生。以"文学"著称,曾为魏文侯师。

博学而笃志:学问广博而且志向坚定。

切问而近思:喜好询问,又喜好思考。

《老子》二章

题　解

　　《老子》是道家重要经典。全书五千余字，共八十一章，分为上、下两篇，上篇三十七章为《道经》，下篇四十四章为《德经》，故本书又名《道德经》。据《史记》记载，《老子》是老子出函谷关时写成的。书中提出一种以道为核心的思想体系，主张清静无为、顺应自然、与世无争，对中国历史和文化产生了深远的影响。这里所选两章，正是《老子》这一核心思想的集中体现。

作　者

　　老子，名聃，春秋时楚国人。一说姓李，名耳，字伯阳。相传曾任周王室管理藏书的史官，孔子曾向他问礼，后退隐。老子的思想核心是朴素的辩证法，他用"道"阐述宇宙万物的演变，主张道法自然、绝圣弃智、无为而治，成为道家学派的创始人。后来也被道教奉为道祖，称"太上老君"。

注　释

枉则直：曲就反而能够伸直。

洼则盈：低洼反而能充盈。

敝则新：敝旧反而能生新。

少则得：少取反而能多得。

多则惑：贪多反而迷惑。

执一为天下式：持守这一原则作为天下各种人事的标准。

不自见：不自我表现。

不自是：不自以为正确。

不自伐：不自我夸耀。

不自矜：不自满。

诚全而归之：确实得以保全，从而返璞归真。

为无为：以无为的态度去作为。

事无事：以不多事的方式去做事。

味无味：以没有味道作为味道。

图难于其易：解决困难要从容易处入手。

为大于其细：做大事要从细微处开始。

轻诺必寡信：轻易许诺，一定会很少守信。

多易必多难：把所有的事情都看得太容易，遇到的困难一定很多。

圣人犹难之：圣人遇到事情，总是当作难事加以重视。

《孟子》三则

题　解

　　《孟子》是儒家重要经典，记录了孟子的言行。据《史记》记载，孟子为实现行"仁政"的主张，曾积极游说魏惠王、齐宣王等诸侯，但均未被采用；于是他转而以著述、教学为务，与弟子万章等人"序《诗》《书》，述仲尼之意"，撰成《孟子》一书。全书共七篇，每篇均取首章开头几字作为篇名，自汉儒赵岐作注后，每篇又分为上、下，如《梁惠王上》《公孙丑上》等。《孟子》在宋代以前一般被列入子部儒家类，和《荀子》等书并列；后由于宋儒的大力提倡，特别是朱熹作《孟子集注》后，成为经部重要典籍，与《论语》《大学》《中庸》合称"四书"。这里所选三则，是孟子有关君子、大人的心性、境界及修养方式的论述。

作　者

　　孟子，名轲，字子舆，战国时邹（今山东邹城）人。幼受母教，后受业于子思的弟子，因而被《荀子》列入战国时儒家八派之一的"思孟学派"。学成后，他游历齐、宋、滕、魏、鲁等国，但因提倡性善、仁政、民贵君轻等学说，不能见容于纷争四起的战国时代，始终未受到重用。

他继承并发展了孔子的思想。宋代以后，孟子地位日尊，在元代被封为"邹国亚圣公"，明代嘉靖年间被正式尊为"亚圣"，成为儒家学派中地位仅次于孔子的人物。

注　释

不可与有言也：不能和他有所言谈。

不可与有为也：不能和他有所作为。

言非礼义：言论诋毁礼义。

吾身不能居仁由义：自己不能按照仁义的要求行事。

人之安宅也：人最安宁的住所。

人之正路也：人最正确的道路。

旷安宅而弗居：空闲着安宁的住所不住。

所乐不存焉：不是君子的乐趣所在。

中天下而立：挺立于天下之中央。

所性不存焉：不是君子的本性。

虽大行不加焉：即使他的理想通行于天下也并不因此而增加。

虽穷居不损焉：即使穷困也不因此而减少。

分定故也：因为这是他的本分已定。

睟然见于面：从面部表现出温润和顺的神色。

盎于背：表现于背部。

施于四体：以至显现在四肢。

四体不言而喻：手足四肢虽然不言说，但别人一目了然。

从其大体为大人：顺从（道德仁义）这些重要部分的人就是君子。

物交物，则引之而已矣：物与物接触，只是受到诱导罢了。

《庄子》三则

题　解

　　《庄子》是道家重要经典，又名《南华经》。今本共三十三篇，包括内篇七篇、外篇十五篇和杂篇十一篇。一般认为内篇为庄子所撰，外篇、杂篇中可能掺杂了其弟子及后世道家的作品。《庄子》的文章汪洋恣肆，多采用寓言故事的形式，富于想象，具有浓厚的浪漫主义色彩。这里所选三则，反映了庄子清静无为、顺其自然的思想，表现了他鄙弃荣华富贵、权势名利，力图保持独立的人格、追求逍遥无恃的精神自由。

作　者

　　庄子，名周，战国时期宋国蒙人。曾做过蒙地的漆园吏，与惠施交好。家贫，相传楚威王闻其名，厚币以迎，许以为相，但被庄子拒绝。他继承和发展了老子的思想，主张安时处顺、与物无争，以求得全生和尽年，是道家学派的集大成者，与老子并称"老庄"。

注　释

劳神明为一：竭尽心智去追求一致。

狙公：养猴的人。《列子·黄帝》记载有狙公赋芧的故事：宋有狙公者，爱狙，养之成群，能解狙之意；狙亦得公之心。损其家口，充狙之欲。俄而匮焉，将限其食，恐众狙之不驯于已也。先诳之曰："与若芧，朝三而暮四，足乎？"众狙皆起怒。俄而曰："与若芧，朝四而暮三，足乎？"众狙皆伏而喜。狙，猕猴。

名实未亏而喜怒为用：所给予橡子的数目和实际并没有增加或减少，然而由此引起的喜怒不同。

是以圣人和之以是非而休乎天钧：所以圣人不执着于是非的分辨而依顺万物之自然。

倏：寓言中假设的名字。下文中的"忽""混沌"与此同。

濮水：古水名，在今河南范县。

楚王：指楚威王。

愿以境内累矣：想用楚国的政事麻烦你了。意思是让你在楚国做官。累，劳累，麻烦。

王巾笥而藏之庙堂之上：大王把它用布巾包好，装在竹箱子里，供奉在庙堂上。

宁其死为留骨而贵乎？宁其生而曳尾于涂中乎：它究竟是愿意死后留下骨头让人供奉好呢，还是愿意活着在泥中摇曳尾巴好呢？

《黄帝四经》一则

题　解

《黄帝四经》是马王堆汉墓出土的帛书，因在帛书《老子》乙本前，起初称《老子乙本卷前古佚书》，后经专家考证，认为此书是失传已久的《黄帝四经》。它由《经法》《十大经》《称经》《道原经》四篇经典组成，故名《黄帝四经》。学界认为此书的成书时期当晚于《老子》，早于《管子》《孟子》《庄子》，体现了道家学说由老子一派向黄老学派的转变。这里所选一则，体现了黄老之学的为政之道。

作　者

黄老之学的"黄"指黄帝，"老"指老子，但此书显然不是黄帝和老子所作。前秦古书往往并非成于一时、出自一手，《黄帝四经》也合乎这一通例，非一时一人所作。尽管它的作者尚无法确切考证，但人们公认它出自道家学者之手。

注　释

法度者，正之至也：法律，是最为公正的。

而以法度治者，不可乱也：以法律治理国家，不可随性妄为。

而生法度者，不可乱也：制定法律，不能变化不一。

精公无私而赏罚信：秉公依法，公正无私，赏罚分明，取信于民。

省苛事：省去烦琐的事情。

节赋敛：减少征收赋税。

无父之行：没有做父亲的品性。

不得子之用：就不能有儿女的效力。

父母之行备：具备了待民如子的德行。

则天地之德也：就具有了如天地一样的品德。

能收天下豪杰骠雄：能够收揽天下的英雄豪杰。

则守御之备具矣：那么就具备了最好的防御武备。

审于行文武之道：懂得了实行文治武功之道。

《礼记》一则

题　解

　　《礼记》是儒家关于"礼"的经典著作之一，与《周礼》《仪礼》并称"三礼"。《礼记》又称《小戴礼记》，是先秦至秦汉时期共四十九篇解说《仪礼》的文献的合辑，由西汉戴圣编纂。与枯燥难懂的《仪礼》不同，《礼记》不仅记载了许多生活中实用性较强的仪节，而且详尽地论述了各种典礼的意义和制礼精神，并多格言警句，所以后来居上，取代《仪礼》成为"五经"之一。这里所选的一则是《大学》的开篇内容，即所谓"三纲领"和"八条目"，确立了传统大学的目的及实现的步骤。

作　者

　　《礼记》由西汉时期经学家戴圣编辑而成，已是学界公论。具体到每一篇文章的作者是谁，一般都信从《汉书·艺文志》的说法，认为《礼记》是"七十子后学者所记也"。也就是说，《礼记》出自孔子弟子或再传弟子之手。具体到本篇《大学》，一般认为是孔子的弟子曾子所作。

注　释

在明明德：把与生俱来的光明的德性发扬光大。前一"明"字为动词，彰明；后一"明"字为形容词，光明的。

知止而后有定：知道了应该达到的目的，然后才有坚定的志向。

定而后能静：有坚定的志向之后，才能心意宁静。

静而后能安：心意宁静之后，才能心灵安宁。

安而后能虑：心灵安宁之后，才能进行审慎的思考。

虑而后能得：进行审慎的思考之后，才能得其所止，达于至善。

物有本末：事物有本有末。

知所先后：知道何者应为先，何者应为后。

则近道矣：就接近治国平天下的目标了。

先诚其意：首先使心意诚实不自欺。

先致其知：首先应求取真知。

壹是皆以修身为本：全都把修身作为根本。

其本乱而末治者：那些根本已经坏乱，但能把末治理好的。

否矣：没有这样的事。

其所厚者薄：那应该受到重视的没有被重视。

而其所薄者厚：但不该得到重视的反而被看重。

未之有也：没有这样的事。

《列子》一则

题　解

　　《列子》相传为战国时郑国人列御寇所作。尽管《汉书·艺文志》在道家类中著录有《列子》，但大多数学者都认为，今本《列子》出于魏晋时期。实际上，今本《列子》保存了包括古本《列子》佚文在内的不少先秦文献资料，同时也有一部分内容为后人附益而成。唐玄宗时下诏，号此书为《冲虚真经》，将其列为道教经典。这里所选一则，表现的是伯牙高超的琴艺和锺子期令人叹为观止的音乐欣赏能力。"高山流水"这一典故，在人们的用典实践中，已经发展出了大量的典义。

作　者

　　列御寇，亦称圄寇、围寇、列子，战国时郑国人。生活时代介于老子与庄子之间，是道家学派承前启后的重要人物。据《庄子》等典籍记载，列子虽贫穷不堪，但不要官方的救济，以清静无为、特立独行处世。其学本于黄帝、老子，主张清静无为，被道家尊为前辈。

注　释

伯牙：又称俞伯牙，相传为春秋时民间琴师。与锺子期友善。

锺子期：相传为春秋时人，伯牙的知音。

志在登高山：心意在于高山。

峨峨分若泰山：像泰山那样巍峨雄伟。

游于泰山之阴：在泰山北面游历。古代以山北、水南为阴，以山南、水北为阳。

初为霖雨之操：开始表达的是连绵不停地下雨的情形。

更造崩山之音：又演奏山崩地裂的曲调。

辄穷其趣：总是能够完全了解他的旨趣。

志想象犹吾心也：心志和想象就像是我的心思。

吾于何逃声哉：我在什么地方能隐匿我的心声、让你领悟不出呢？

《韩非子》一则

题　解

　　《韩非子》是先秦法家重要经典。原名《韩子》，到了宋代因尊韩愈为"韩子"，所以改称《韩非子》。共有五十五篇，其中绝大多数出于法家的集大成者韩非之手，也有一些是韩非后学所记。《韩非子》是先秦诸子散文走向成熟的杰作，文章观点鲜明，逻辑性强，笔锋犀利，分析精辟。这里所选一则，说明了一个人即便在奉行法度时，也要有节制地实行；如果一举一动都要和天下人作对，就绝对不是保全身体、延长寿命的办法。

作　者

　　韩非，战国末期韩国人，法家的代表人物。他是韩国贵族，与李斯同为荀子的学生。曾多次上书韩国国君，建议变法图强，但未被采用。韩非口吃，不善言谈，长于著书，著有《韩非子》。秦王嬴政读到韩非之文，极为欣赏。韩非到了秦国后，取得了秦王的信任，但遭到同学李斯的嫉妒，被害死于狱中。

注　释

必生死之命也，轻恬资财也：一定是视死如归，仗义轻财。

义必公正，公心不偏党：主张一定是公正无私，出于公心而不偏袒。

虽中外信顺，不以诽谤穷堕：虽然自己内心和外貌诚实和顺，但也并不因此指责、议论那些表里不一的人。

虽死节轻财，不以侮罢羞贪：虽然自己能舍身就义，轻财好施，但也不侮辱那些没有气节、贪图财利的人。

虽义端不党，不以去邪罪私：虽然自己公正无私，不偏不党，但也不去弹劾那些奸邪不正、自私自利的人。

虽势尊衣美，不以夸贱欺贫：虽然自己尊荣显贵，衣饰华美，但也不会在地位低下的人面前夸耀，欺侮贫穷的人。

生于不知道理：那是因为不懂得道理。

而圣人强以其祸败适之：而圣人硬是以他们造成的祸乱失败去责备他们。

《吕氏春秋》一则

题　解

《吕氏春秋》又名《吕览》，分为十二纪、八览、六论，共一百六十篇。它综合阴阳家、道家、儒家、墨家等各流派思想，采精录异，成一家言，是一部杂家著作，可谓"总晚周诸子之精英，荟先秦百家之眇义"。本处所选一则为《季冬纪第十二·诚廉》的开篇部分，主要说明了士应具有的高尚节操和品质。

作　者

吕不韦，战国末年卫国濮阳（今河南安阳）人，著名商人、政治家。他口才出众，精于商贾之道，有政治野心，后弃商从政。因辅佐秦庄襄王及其太子嬴政有功，任秦国相国，权倾朝野，府中食客三千。他主持编纂《吕氏春秋》，汇合了先秦诸子各派学说，"兼儒墨，合名法"，史称"杂家"。

注　释

石可破也，而不可夺坚：石头可以被击破，但不能夺去它坚硬的品性。

丹可磨也，而不可夺赤：丹砂可以被磨损，但不能改变它红色的质地。

坚与赤，性之有也：坚硬与红色，是它本性所具有的。

性也者，所受于天也：事物的本性，是与生俱来的。

非择取而为之也：不能通过选择使其具有某种本性。

豪士之自好者：自尊自爱的豪杰之士。

其不可漫以污也：他不能被污垢玷污。

10

韩 愈 《师说》

题 解

本文作于唐德宗贞元年间，韩愈此时任国子监四门博士。针对当时"不闻有师，有辄哗笑之，以为狂人"的社会不良风气，作者抨击了当时的士大夫自恃门第高贵、耻于从师的恶习，强调从师学习的重要性，提出了恢复师道的主张。文章结构严谨，笔法波澜起伏，而且说理透彻，逻辑性强。

作 者

韩愈，字退之，唐代河阳（今河南孟州）人。自谓郡望昌黎，世称韩昌黎；晚年官至吏部侍郎，又称韩吏部；谥号"文"，世称"韩文公"。早孤，由兄嫂抚养成人，刻苦自学，贞元间进士及第。出仕后，曾多次因直言极谏受到贬谪，尤其是因极力谏阻宪宗迎佛骨事，险些招来杀身之祸，被贬为潮州刺史，后曾任国子监祭酒。他在思想学术上尊崇儒学，排斥佛老，强调自尧舜至孔孟一脉相传的道统。在文学上，与柳宗元发起著名的"古文运动"，一扫六朝以来华而不实的文风，提倡文章言之有物。韩愈位列"唐宋八大家"之首，他的文章文笔雄健，气势磅礴，被后世尊为"韩文"。

注　释

生乎吾前：出生在我之前。

固先乎吾：固然在我之先。

夫庸知其年之先后生于吾乎：何必知道他的年龄比我大还是比我小呢？

道之所存，师之所存：知识道理在哪里，老师就在哪里。

下圣人：不如或低于圣人。

耻学于师：以向老师学习为耻。

小学而大遗：小惑从师，大惑不从师。

巫医乐师百工之人：巫师、医生、乐师等各种从事手工技艺的人。巫，巫师。乐师，以歌唱演奏为职业的人。

位卑则足羞：以地位低下的人为师，就以为羞耻。

官盛则近谀：以官职高的人为师，就以为近似谄媚。

郯子：春秋时期郯国国君。

苌弘：周敬王时的大夫。

师襄：春秋时鲁国的乐师。

老聃：老子。

三人行，则必有我师：《论语·述而》："三人行，必有我师焉；择其善者而从之，其不善者而改之。"三人同行，里面一定有可以做我的老师的人。

周敦颐 《太极图说》

题 解

本文是周敦颐为其所绘《太极图》所写的说明，兼采儒家《周易》理论和道家思想，提出了一个以"太极"为中心的世界创成说。文中认为，有象有形的阴、阳二气和金、木、水、火、土，都是由太极的一动一静所产生的；世界万物的变化和生成，是由二气和五行的相互作用而实现的。后来朱熹等人对本文加以阐释和发挥，为程朱理学奠定了理论基础。

作 者

周敦颐，字茂叔，北宋道州营道（今湖南道县）人，后世称为濂溪先生。他把道家的"太极"和"阴阳五行"学说融入儒家学说之中，被视为宋代理学的创始人之一，著名理学大师程颢、程颐都是他的弟子。

注 释

无极而太极：据宋儒朱熹解释，这句话的意思是，作为理的太极是无形无迹的。一说与《老子》四十章所云"天下万物生于有，有生于无"意思相近。无极，本义是无边无际，后成为古代哲学术语，指形成宇宙万物的本原。太极，最原始的混沌之气。

太极动而生阳：太极在运动之中，有阳气产生。

动极而静：太极运动到了极点，就转化为静。

静极复动：静到了极点，又回到了动的状态。

互为其根：互相作为彼此的根基，指动和静相互依存。

分阴分阳：阴阳二气分开，各自对立。

两仪立焉：天地便建立起来了。

阳变阴合：阳气变动，阴气与之配合。朱熹云："有太极，则一动一静而两仪分；有阴阳，则一变一合而五行具。"

各一其性：指五行各有其属性。

妙合而凝：这些微妙精粹的东西相结合，从而凝集起来。

乾道成男，坤道成女：引自《周易·系辞上》。意思是，乾道主阳，化生男性；坤道主阴，化生女性。

唯人也，得其秀而最灵：只有人得到最精粹的气，因此最为灵智。

形既生矣，神发知矣：人的形体具有了，精神也有了，便有了认识能力。

五性感动，而善恶分：五行之性相互感应、发动，于是产生了善与恶的区别。

圣人定之以中正仁义：圣人以中正仁义作为道德原则。此句之下原有作者自注："圣人之道，仁义中正而已矣。"

而主静：再辅之以"主静"的道德修养。此句之下原有作者自注："无欲故静。"主静，指以虚静恬淡为主宰。

与天地合其德，日月合其明，四时合其序，鬼神合其吉凶：引自《周易·乾卦·文言》。意思是，圣人的道德像天地一样覆载万物，他的圣明像日月一样普照大地，他的施政像四季一样井然有序，他示人吉凶像鬼神一样奥妙莫测。

立天之道，曰阴与阳；立地之道，曰柔与刚；立人之道，曰仁与义：引自《周易·说卦》。意思是，确立天的道有阴与阳两方面，确立地的道有柔与刚两方面，确立人的道有仁与义两方面。

原始反终，故知死生之说：引自《周易·系辞上》。意思是，推原事物的初始，反求事物的终结，就能知晓生与死的规律。

大哉《易》也，斯其至矣：《周易》真是博大精深啊，它的核心要义便在这里了。

袁宏道 《满井游记》

题 解

这篇游记写于明万历二十七年（1599）农历二月二十二日，描写了京师郊外的春景。在春天的田野里，到处充满着欣欣生意。明末作家陆云龙曾评论此文云："写景亦如平芜（指杂草繁茂的原野），淡色轻阴，令人意远。"

作 者

袁宏道，字中郎，号石公、六休，明代湖广公安（今属湖北）人。曾随李贽问学，万历年间进士，官至吏部郎中。他反对王世贞、李攀龙等"后七子"复古模拟之风，主张妙悟，独抒性灵，是文学流派"公安派"的创始人和健将。他的作品真率自然，所作小品文尤为时人所推崇。袁宏道兄宗道、弟中道也是"公安派"成员，兄弟三人时称"三袁"。

注 释

满井：位于京师（今北京市）安定门东三里外的一口古井，井中飞泉喷出，冬夏不竭，井旁苍藤丰草，景色优美，是当时的京郊名胜。

燕地：指今北京一带，因在战国时为燕国国都所在地，故称。

花朝节：古代以农历二月十五日为百花生日，号花朝节，又称花朝。

东直：即东直门，位于京师内城东垣北侧的一座城门。

高柳夹堤：高大的柳树生长在两岸堤旁。

山峦为晴雪所洗：起伏的山仿佛被融化的雪洗过一样。

倩女：美丽的少女。倩，本义是含笑的样子，引申指妩媚。

髻鬟：环形的发式。

寸许：一寸多高。寸，古代长度单位，十分为一寸，明代一寸约为3.27厘米。

泉而茗者：汲泉而煮茶的人。

罍而歌者：手里拿着酒杯，嘴里唱着歌的人。

红装而蹇者：骑驴的女子。蹇，本义是行动迟缓，又指劣马，这里指驴。

毛羽鳞鬣：鸟类和鱼类。

城居者：居住在城里的人。

此官：指作者本人，此时他正担任顺天府学的教官。在明清时期，京师又称顺天府，所设地方官学叫作顺天府学。

己亥：万历二十七年（1599）。

李　渔　《梧桐》

题　解

　　本文选自《闲情偶寄·种植部·竹木第五》，是一篇写物喻理的短文，充满雅趣。文中围绕梧桐"草木中一编年史"的特点展开，表达了年华易逝、不可虚度的感慨。文章最后还记述了作者十五岁时在梧桐上刻下的一首五言小诗，尤其值得青年读者品味、思考。

作　者

　　李渔，字笠鸿、谪凡，号笠翁，原名仙侣，明末清初兰溪（今属浙江）人。明末官学生员，入清后绝意仕途，热衷于古典戏曲理论的研究和古典小说、戏曲的创作，还亲率家养戏班走江湖卖艺。他的作品给人一种新鲜活泼之感。

注　释

　　梧桐：又名青桐，一种落叶乔木，被古人视为凤凰栖止之木。幼树皮绿色，平滑，夏季开黄绿色花，木材可用于制作乐器和家具，全株均可入药。

　　编年史：即编年体史书。编年体是一种传统史书体裁，按年代顺序叙述历史，以年月为线索，系事于年月之下。《春秋》《资治通鉴》等都是这一体裁的史学名著。编年体和纪传体、纪事本末体并称中国三大传统史书体裁。

举世习焉不察：全天下都对这件事司空见惯，却没有深入体察。

予特表而出之：我特地把它表彰、显露出来。

忘年交：指不拘年岁、辈分，因德才相契合而结为莫逆之交。据史书记载，东汉的孔融与祢衡，南朝的范云与何逊，唐代的张镒与陆贽，北宋的钱惟演与梅尧臣等，都有"忘年交"之称。

知时达务：认清时势，通达事务。

观树即所以观身：观察树的生长变化过程，便可以了解人的生长过程。

观我生，进退：引自《周易·观卦》。意思是，观仰阳刚美德并对照省察自身行为，谨慎地抉择进退。

垂髫：指童年，古代儿童不束发，头发下垂。髫，儿童垂下的头发。

艾：多年生草本植物，又名艾蒿、蕲艾、冰台，茎叶有香气，干后制成艾绒，可用于灸法治病的燃料。

刹那：梵语的音译，意为一念之间，指极短的时间。

而为悠忽戒：作为虚度光阴的警诫。

岂欺人语乎：难道是欺骗人的话吗？

汉古诗一首

题 解

本诗是《昭明文选》所录《古诗十九首》的第一首，是在东汉末年动荡岁月中传唱的一首相思乱离之歌。这首诗以质朴的语言、形象的比喻、完整的结构和顿挫的声韵，道出了一个哀怨动人的爱情故事，读之令人感慨唏嘘。古人曾称赞此诗"情真、景真、事真、意真"。

作 者

《古诗十九首》是南朝梁昭明太子萧统从传世无名氏"古诗"中选录并编入《昭明文选》的。关于这十九首诗的创作年代，《文心雕龙》泛指为"两汉之作"，当代学者认为大抵出于东汉末年，但并非一时一人之作。

注 释

行行重行行，与君生别离：相别之时送了一程又一程，最后还是忍痛与丈夫分开。《楚辞·九歌·少司命》云："悲莫悲兮生别离。"

万余里：指距离很远。里，长度单位，古代以三百步为一里，今天一市里等于一百五十丈，合五百米。

道路阻且长，会面安可知：路途多有险阻且十分遥远，不知什么时候才能相聚。《诗经·秦风·蒹葭》云："溯洄从之，道阻且长。"

胡马依北风，越鸟巢南枝：产自西北的马到了南方，每当起北风时，就因依恋北方而嘶鸣；产自南方的鸟到了北方，因眷念故土，将窝筑在朝南的枝头。胡马，泛指西北地区的马。越鸟，泛指南方的鸟。

相去日已远，衣带日已缓：因长期的相思之苦，人日渐消瘦，衣带也日渐宽松。

浮云蔽白日，游子不顾返：暗示由于分别太久，思妇怀疑丈夫有了新欢而不想回家。一说"浮云蔽白日"比喻"邪佞之毁忠良"。

岁月忽已晚：指时间过得很快。

加餐饭：多进饮食，是古代劝人保重身体的常用语。

15

左 思 《咏史》其二

题 解

这是一首揭露、抨击魏晋门阀制度"上品无寒门，下品无势族"现象的悲愤之作。诗中用"松"和"苗"的境遇，深刻揭示出有才能而出身寒微的人只能屈居下位，而那些世族子弟无论才能优劣，都可以凭借父兄的余荫窃位苟禄。

作 者

左思，字太冲，西晋临淄（今山东淄博临淄）人。曾官秘书郎，后绝意仕途，专注于典籍和文章。他出身寒微，不好交游，貌陋口讷，博学能文。曾构思十年写成《三都赋》，人们争相传写，使得"洛阳为之纸贵"。他的诗质朴刚健，以《咏史》八首最为著名。

注 释

寸：长度单位，西晋时1寸约为2.42厘米。

尺：长度单位，十寸为一尺。

世胄：世家，贵族的子孙。胄，指帝王和贵族的后代。

英俊：指才智杰出的人物。

金张：指汉代金日磾、张汤两个家族。金日磾家自武帝至平帝，七世为内侍。张汤的后代，自宣帝、元帝以来为侍中、中常侍者十余人。后以"金张"作为功臣世族的代称。

七叶：七世，也泛指多代。

珥汉貂：插上汉朝的貂尾，指担任汉朝的近贵之臣。貂，貂尾，汉代侍中、中常侍的官帽上均插有貂尾。

冯公：指冯唐，汉文帝时年已七十左右，仍居中郎署长的小官；武帝初举贤良，时年九十余，不能复为官，只得以其子为郎。后人有"冯唐易老，李广难封"的感叹。

崔 颢 《黄鹤楼》

题 解

这首诗被誉为题咏黄鹤楼之绝唱，据说曾令大诗人李白发出了"眼前有景道不得，崔颢题诗在上头"的感叹。它将黄鹤楼的历史传说、登楼所见的景色与人生的感慨巧妙结合，情景交融，出神入化，时空切换自然而然，且不受制于格律对仗的限制，取得了很高的艺术成就。

作 者

崔颢，唐代汴州（今河南开封）人。开元间进士，天宝间任尚书司勋员外郎。他早期的诗多写闺情，流于纤艳，后诗风变为雄浑奔放，为世所称。

注 释

黄鹤楼：位于今湖北武汉蛇山上，下临长江，轩昂宏伟，辉煌瑰丽。传说有仙人曾乘黄鹤经过此处，故名黄鹤楼。

晴川历历汉阳树：晴天之下的江面，汉阳的树木清晰可见。汉阳，县名，在今湖北武汉市汉阳区，与黄鹤楼隔江相望。明代在此修建晴川阁，即取此诗句之意。

芳草萋萋鹦鹉洲：鹦鹉洲上的芳草长得茂盛喜人。鹦鹉洲，汉阳西南长江中的小沙洲，因东汉末年祢衡作《鹦鹉赋》而得名，明代时被江水冲没。

王 维 《山居秋暝》

题 解

　　这首诗是王维居辋川（今陕西蓝田县南）时所作，体现了作者"诗中有画，画中有诗"的写作风格。古人将此诗视为"天真大雅"之作，评价甚高。当代有学者认为："这首诗一个重要的艺术手法，是以自然美来表现诗人的人格美和一种理想中的社会之美。"

作 者

　　王维，字摩诘，唐代太原祁县（今属山西）人。开元间进士，官至尚书右丞，世称王右丞。他曾在安禄山军陷长安时任伪职，乱平后，降为太子中允。中年后居蓝田辋川，过起亦官亦隐的生活。他的诗、画皆有盛名，诗作以山水诗最为后世所称，体物精细，状写传神，与孟浩然齐名，并称"王孟"。

注 释

　　空山新雨后，天气晚来秋：空阔的山野中刚下过一阵雨，到傍晚时，天气有了些秋意。

　　随意春芳歇，王孙自可留：春天的花草随它凋谢吧，秋色如此令人流连，王孙自可留居山中。王孙，王者之孙或后代，指贵族的子孙。《楚辞·招隐士》云："王孙游兮不归，春草生兮萋萋。……王孙兮归来，山中兮不可以久留！"原为招劝隐士出山之词，此处反用其意。

岑 参 《白雪歌送武判官归京》

题 解

此诗作于唐玄宗天宝十四载（755）前后，是一首咏雪送别之作，此时作者任北庭都护封常清的判官。诗中描写了边地八月飞雪的奇丽景色，交错运用想象、夸张等艺术手法，再现了边地瑰丽的自然风光；同时将对于雪景的描绘和对于感情的抒发紧密融合，以雪写情，别开生面。清人吴瑞荣曾论此诗云："从雪生情，雪字四见，不嫌逗留太多，此盛唐高率处。"

作 者

岑参，唐代江陵（今湖北荆州）人。太宗时名臣岑文本之孙，天宝间进士，官至嘉州刺史，世称岑嘉州。由于从军西域多年，对边塞生活有深刻体验，所作边塞诗以昂扬的情感、磅礴的气势、飞动的形象和富于变化的旋律，给人以刚健绚丽的享受。他的诗风与高适相近，后人多将二人并称"高岑"。

注 释

白雪歌：乐府琴曲有《白雪歌》。

武判官：武姓判官，岑参的前任。判官，唐代节度使、都护等的僚属，佐理政事。

千树万树梨花开：飞雪铺天盖地而来，挂满枝头，美如梨花盛开。梨花，梨树的花，一般为纯白色，这里指雪花。

珠帘：用珠子串成或装饰的门帘。

罗幕：用丝罗制成的帐幕。

狐裘：用狐皮做成的袍子。

锦衾：用锦缎做成的被子。

角弓：用兽角装饰的弓。

都护：官名，汉代设西域都护，为当地的最高长官，唐代设安西、北庭等六大都护府，每府设大都护、副大都护，管理辖境边防、行政和各族事务。

铁衣：铠甲，护身的铁甲衣。

百丈冰：形容冰冻厉害。丈，长度单位，唐代时一丈约为三百或三百六十厘米。

中军：古代行军作战分左、中、右（或上、中、下）三军，由主帅将中军，发号施令，后用"中军"指主帅或主帅发号施令处。

胡琴：这里泛指西域之琴。

琵琶：指曲项琵琶，魏晋时传自西域，音箱为梨形，是现代琵琶的前身。

羌笛：竖吹乐器，有指孔，因原出古羌族，故名。

轮台：古县名，汉武帝时曾遣戍屯田于此，唐代贞观年间置县，治所在今新疆乌鲁木齐市米东区。

天山：唐代称伊州（今新疆哈密市）、西州（今吐鲁番市东南）以北一带山脉为天山，横贯在今新疆中部，西端延伸入哈萨克斯坦。

杜 牧 《山行》

题 解

这是一首富于哲理的小诗，也是一幅生动的"山林秋色图"。本诗随着作者悠然自得的行迹展开，描写了山行途中见到的景色，画意与诗情互相生发，尤以最后一句意味无穷。

作 者

杜牧，字牧之，唐代京兆万年（今陕西西安）人。杜佑之孙，大和间进士，官至中书舍人。他以济世之才自负，对于藩镇的跋扈和周边政权的攻掠深表忧虑，所作诗文多指陈时政。他的诗豪爽清丽，独树一帜。后人称杜甫为"老杜"，称他为"小杜"。又与李商隐并称"小李杜"。

注 释

远上寒山石径斜，白云生处有人家：远处有条石头小路，盘旋曲折地通向山上，在山中白云升起的地方，隐约可见依山而居的人家。白云生处，指山林深处白云涌生的地方，一说指炊烟升起的地方。

停车坐爱枫林晚，霜叶红于二月花：山路旁的一大片枫树景色撩人，我不禁停车观看；深秋经过霜染的枫叶，比春天的鲜花还要红艳。二月，农历二月仲春，这里泛指春天。

范仲淹 《渔家傲》

题　解

　　这首边塞词作于1040年前后，当时作者任陕西经略安抚副使兼延州（治所在今陕西延安）知州，正在厉兵秣马，抗击西夏。词中描绘了边塞苍凉壮丽的景色，以及将士们的艰苦生活和思乡之情，表达了报国建功的豪情壮志，格调慷慨悲凉，境界高远阔大。

作　者

　　范仲淹，字希文，北宋苏州吴县（今江苏苏州）人。二岁而孤，在母亲的艰辛培育和他自己"断齑画粥"的发奋读书下才得以成才，于大中祥符年间中进士。仁宗时镇守陕西，防范西夏，当时西夏盛传"小范老子胸中有数万甲兵"，边境得以相安无事。后出任参知政事，主导"庆历新政"，终因保守派的反对而未获成功。

注　释

渔家傲：词牌名。

塞下：边塞附近，此指西北边疆地区。

衡阳：县名，在今湖南衡阳，城南有衡山回雁峰，相传雁至此不再南飞。

　　边声：指边地画角、羌管、胡笳一类的乐器声。

　　角：即画角，一种乐器，出于西北地区游牧民族，发音哀厉高亢，多用作军号。

　　燕然未勒：指尚未彻底击溃敌军，取得全面胜利。据《后汉书》，东汉将军窦宪领兵出塞，大破北匈奴，登燕然山，刻石纪功。燕然，即杭爱山，位于今蒙古人民共和国境内。

　　羌管：即羌笛。

　　将军白发征夫泪：听到羌笛之声，思及战争形势和故乡亲人，将军的头发变白了，士卒洒下了热泪。

21

柳 永 《望海潮》

题 解

这首词仿佛是一张徐徐展开的生动画卷，杭州的繁荣、钱塘江的壮观、西湖的秀丽，逐一映入读者的眼帘。这首词大开大合、激情洋溢、声调激越，与柳永其他"婉约"词作风格迥异。

作 者

柳永，原名三变，字景庄，后改名永，字耆卿，北宋崇安（今福建武夷山）人。景祐间进士，官至屯田员外郎，世称柳屯田。又因排行第七，也称柳七。他一生不得志，经历坎坷不平，词作尤其擅长表达羁旅行役、离情别思，创作了大量适合歌唱的慢词，受到当时市民阶层的喜爱，人称"凡有井水处，即能歌柳词"。

注 释

望海潮：词牌名。

三吴：多指吴兴郡（治所在今浙江湖州）、吴郡（治所在今江苏苏州）和会稽郡（治所在今浙江绍兴）三地。

钱塘：县名，为杭州治所，这里指杭州。

风帘翠幕：挡风的帘子和翠绿色的帷幕。

云树绕堤沙：绕着沙石、江堤，耸立着一行行高树。

怒涛卷霜雪：钱塘江的波涛汹涌澎湃，犹如卷起层层霜雪。

市列珠玑：市场上陈列着种种珍贵的物品。珠玑，珠宝，泛指珍贵的物品。

户盈罗绮：家家户户到处可见绫罗绸缎。

重湖：西湖被苏堤分为里、外两湖，故称重湖。

三秋：秋天的三个月。

桂子：即桂花，又名木樨、木犀、九里香等，常绿小乔木或灌木，秋天开白色或暗黄色小花，有特殊的香气。

羌管弄晴：晴天的湖上，羌笛悠扬。

菱歌泛夜：夜晚的湖上，传出一阵阵采菱的歌声。菱，俗称菱角，一年生水生草本植物，果实有硬壳。

钓叟莲娃：渔翁和采莲姑娘。

千骑：指随从的护卫众多。

高牙：高大的牙旗，泛指居高位者的仪仗。

箫鼓：指用箫、鼓奏出的乐曲。

凤池：指中书省，因办公地点临近皇宫中的凤凰池而得名，这里指朝廷。

欧阳修 《踏莎行》

题 解

这是一首描写游子思妇天各一方、两处相思的词作。远行的游子见春色无边，愁思不断；闺中的思妇登高远望，思念离别的爱人，哀怨满怀。

作 者

欧阳修，自永叔，号醉翁、六一居士，北宋吉州吉水（今属江西）人。天圣间进士，官至枢密副使、参知政事，谥号"文忠"。曾因支持"庆历新政"，被贬为滁州知州。他一生博览群书，与宋祁合撰《新唐书》，独撰《新五代史》，在史学上很有造诣。尤以文章见长，主张文章应"明道""致用"，反对宋初浮艳轻佻的文风，被列为"唐宋八大家"之一。

注 释

踏莎行：词牌名。莎，莎草，多年生草本植物，地下有纺锤形的细长块根，可入药。

梅残：梅花凋零。

草薰风暖摇征辔：草丛间透出一股清香，温暖的春风吹过，旅人摇着缰绳骑马远行。辔，驭马用的嚼子和缰绳。

寸寸柔肠：指伤心至极，犹如肝肠寸断。

春山：春日的山。

行人：指闺中思妇所思之人。

李清照 《如梦令》

题　解

　　这首小词写于作者南渡之前，是一首伤春惜春之作。作者以花自喻，表达了一种含蓄的哀叹和淡淡的愁绪。清人黄苏曾指出，这首词的妙处在于"短幅中藏无数曲折"。

作　者

　　李清照，号易安居士，南宋齐州章丘（今属山东）人。礼部员外郎李格非之女，金石学家赵明诚之妻。李清照原本生活在一个文化和学术氛围极其浓厚的家庭，但因金兵入侵，被迫流寓南方，丈夫不久亦病卒，境遇孤苦。她的词作多写对旧日生活的留恋和身世家国的悲愁，善于创意出奇，语言清丽，是宋词婉约派的重要代表。

注　释

如梦令：词牌名。

雨疏风骤：雨点稀疏，但风势迅猛。

浓睡不消残酒：一夜酣睡，醒来仍带着残余的酒意。

卷帘人：指正在卷帘的侍女。

海棠：即海棠花，落叶乔木，春季开淡红色花。

绿肥红瘦：绿叶越发茂盛，但红花逐渐衰萎。

辛弃疾 《南乡子·登京口北固亭有怀》

题 解

本词作于宋宁宗嘉泰四年（1204），是辛弃疾晚年的代表作。作者当时担任镇江知府，登上辖境内的名胜北固亭，向北眺望被金兵侵占的故土，不禁感慨系之。全篇用三问三答的方式展开，布局巧妙，意境高远，表达了对收复失地的渴望和有所作为的决心。

作 者

辛弃疾，字幼安，号稼轩，历城（今山东济南）人。他出生时中原已为金兵所占，二十一岁时参加抗金义军，后率军归宋，历任湖北、江西、湖南、福建、浙东安抚使等职。为人慷慨有大略，一生力主抗金，但始终壮志难酬。他的词风格豪放，笔力雄厚，慷慨悲壮，爱国忧民之情随处可见，与苏轼并称"苏辛"，是宋词豪放派的重要代表。

注 释

南乡子：词牌名。

京口：古代长江下游的军事重镇，在今江苏镇江。东汉建安十四年（209），孙权自吴（今江苏苏州）迁首府于此，三国时吴国人称之为京城，南宋时称镇江府。

北固亭：又名北固楼，在今镇江市北固山上。南朝时梁武帝登临后，曾一度改名为北顾楼。

神州：一般指中国，又名赤县神州，这里指被金兵占领的中原地区。

千古兴亡：古往今来朝代的兴衰。

年少：指孙权十八岁时就接管了父兄留下的江东基业。

兜鍪：战士戴的头盔，这里指士兵。

曹刘：指三国时曹魏政权的奠定者曹操和蜀汉的开国皇帝刘备。据《三国志》，曹操曾对刘备说："今天下英雄，唯使君与操耳。""使君"是对州郡长官的尊称，刘备当时担任豫州牧，所以曹操这么称呼他。

孙仲谋：即孙权，字仲谋，三国时吴国开国皇帝。据《三国志》裴松之注引《吴历》，曹操曾在与孙权对战时感叹："生子当如孙仲谋。"

姜　夔《扬州慢》

题　解

宋孝宗淳熙三年（1176）冬至日，作者来到有"淮左名都"之称的扬州城，目睹了这座名城因金兵入侵而造成的荒凉破败的景象。他联想到三百多年前大诗人杜牧那些赞美扬州富庶繁华的诗句，感慨今昔，悲哀之情油然而生，于是写下了这首词。时人认为，这首词充满了对于国家衰乱的"黍离之悲"。

作　者

姜夔，字尧章，号白石道人，南宋饶州鄱阳（今属江西）人。因不满秦桧当政，隐居武康县，一生未仕。擅长诗词，通晓音律，能自制曲。他的词意境幽峭，喜自创新调，音节谐美，多感时伤事之作。

注　释

淮左名都：扬州在北宋时是淮南东路（又称淮左）的治所，是著名的城市。

竹西佳处：扬州城东禅智寺附近有竹西亭，是风景优美的胜景。

　　过春风十里，尽荠麦青青：经过那条曾经十分繁华的长街，映入眼帘的竟然只有青青的野麦子。杜牧有"春风十里扬州路"的诗句。

　　胡马窥江：指金兵曾于1129年、1161年两次进犯扬州，使扬州城遭受惨重破坏。窥江，偷渡长江。

　　乔木：高大的树木。南朝文学家颜延之有"故国多乔木"的诗句。

　　犹厌言兵：还是一谈到战争，就十分厌恨。

　　清角吹寒：号角声音凄清，好像吹来阵阵寒意。

　　杜郎：即杜牧，"郎"是对男子的美称。

　　纵豆蔻词工，青楼梦好，难赋深情：纵然杜牧有写"豆蔻""青楼"那样的才情，他面对此时此境，也难于表达这种深沉悲哀的感情。杜牧曾写有"十年一觉扬州梦，赢得青楼薄幸名""娉娉袅袅十三余，豆蔻梢头二月初"等脍炙人口的诗句。

　　二十四桥：扬州的一处名胜。杜牧有"二十四桥明月夜，玉人何处教吹箫？"的诗句。

　　红药：红色的芍药。据记载，二十四桥又名红药桥，桥边盛产红色芍药。

篇目	篇目来源	版本信息	出版社	出版年份
1	《论语》	《论语译注》杨伯峻译注	中华书局	1980
2	《老子》	《老子注译及评介》陈鼓应著	中华书局	1984
3	《孟子》	《孟子正义》焦循撰 沈文倬点校	中华书局	1987
4	《庄子》	《庄子集释》郭庆藩撰	中华书局	1961
5	《黄帝四经》	《黄帝四经今注今译》陈鼓应注译	商务印书馆	2007
6	《礼记》	《十三经注疏》阮元校刻	中华书局	1980
7	《列子》	《列子集释》杨伯峻撰	中华书局	1979
8	《韩非子》	《韩非子集释》陈奇猷校注	上海人民出版社	1974
9	《吕氏春秋》	《诸子集成》	上海书店出版社	1986
10	韩愈《师说》	《韩昌黎文集校注》马其昶校注	上海古籍出版社	1986
11	周敦颐《太极图说》	《中国哲学史教学资料选辑》北京大学哲学系中国哲学史教研室选注	中华书局	1981
12	袁宏道《满井游记》	《袁宏道集笺校》钱伯城笺校	上海古籍出版社	1981
13	李渔《梧桐》	《李渔全集》	浙江古籍出版社	1992
14	汉古诗	《先秦汉魏晋南北朝诗》逯钦立辑校	中华书局	1983
15	左思《咏史》	《先秦汉魏晋南北朝诗》逯钦立辑校	中华书局	1983
16	崔颢《黄鹤楼》	《全唐诗》彭定求等编	中华书局	1960
17	王维《山居秋暝》	《王右丞集笺注》王维撰 赵殿成笺注	上海古籍出版社	1961
18	岑参《白雪歌送武判官归京》	《岑参集校注》陈铁民、侯忠义校注	上海古籍出版社	1981
19	杜牧《山行》	《全唐诗》彭定求等编	中华书局	1960
20	范仲淹《渔家傲》	《全宋词》唐圭璋编	中华书局	1965
21	柳永《望海潮》	《全宋词》唐圭璋编	中华书局	1965
22	欧阳修《踏莎行》	《欧阳修选集》陈新、杜维沫选注	上海古籍出版社	1986
23	李清照《如梦令》	《李清照集校注》王仲闻校注	人民文学出版社	1979
24	辛弃疾《南乡子·登京口北固亭有怀》	《全宋词》唐圭璋编	中华书局	1965
25	姜夔《扬州慢》	《白石诗词集》夏承焘辑	人民文学出版社	1959

作者作品年表

（以作者主要生活年代、成书年代为参考）

西周（前 1046—前 771）		《诗经》
东周① （前 770— 前 256）	春秋（前 770—前 476）	管子（？—前 645） 老子（约前 571—？） 孔子（前 551—前 479） 孙子（约前 545—约前 470）
	战国（前 475—前 221）	墨子（前 476 或前 480—前 390 或前 420） 孟子（约前 372—前 289） 庄子（约前 369—前 286） 屈原（约前 340—前 278） 公孙龙（约前 320—前 250） 荀子（约前 313—前 238） 宋玉（约前 298—前 222） 韩非子（约前 280—前 233） 吕不韦（？—前 235） 《黄帝四经》 《吕氏春秋》 《左传》 《列子》 《国语》 《尉缭子》 《易传》
秦（前 221—前 206）		李斯（？—前 208）
汉 （前 206— 公元 220）	西汉②（前 206—公元 25）	贾谊（前 200—前 168） 韩婴（约前 200—约前 130） 司马迁（约前 145—？） 刘向（约前 77—前 6） 扬雄（前 53—公元 18） 《礼记》 《淮南子》
	东汉（25—220）	崔瑗（77—142） 张衡（78—139） 王符（约 85—162） 曹操（155—220）
三国（220—280）		诸葛亮（181—234） 曹丕（187—226） 曹植（192—232） 阮籍（210—263） 傅玄（217—278）

晋 （265—420）	西晋（265—317）	李密（224—287） 左思（约250—约305） 郭象（约252—312）
	东晋（317—420）	王羲之（303—361，一说321—379） 陶渊明（约365—427）
南北朝 （420—589）	南朝（420—589）	范晔（398—445） 陶弘景（456—536） 刘勰（约465—约532）
	北朝（386—581）	郦道元（约470—527） 颜之推（531—约590）
隋（581—618）		魏徵（580—643）
唐③（618—907）		骆宾王（约626—684以后） 王勃（约650—约676） 杨炯（650—？） 贺知章（约659—约744） 陈子昂（659—700） 张若虚（约670—约730） 张九龄（678—740） 王之涣（688—742） 孟浩然（689—740） 崔颢（？—754） 王昌龄（698—756） 高适（约700—765） 王维（701—761） 李白（701—762） 杜甫（712—770） 岑参（约715—约769） 张志和（732—774） 韦应物（约737—792） 孟郊（751—814） 韩愈（768—824） 刘禹锡（772—842） 白居易（772—846） 柳宗元（773—819） 李贺（790—816） 杜牧（803—852） 温庭筠（812？—866） 李商隐（约813—约858）
五代十国（907—979）		李璟（916—961） 李煜（937—978）

宋 （960—1279）	北宋（960—1127）	柳永（约 987—1053） 范仲淹（989—1052） 晏殊（991—1055） 宋祁（998—1061） 欧阳修（1007—1072） 苏洵（1009—1066） 周敦颐（1017—1073） 司马光（1019—1086） 曾巩（1019—1083） 张载（1020—1077） 王安石（1021—1086） 程颐（1033—1107） 李之仪（1048—约 1117） 苏轼（1037—1101） 黄庭坚（1045—1105） 秦观（1049—1100） 晁补之（1053—1110） 周邦彦（1056—1121） 李清照（1084—1155） 陈与义（1090—1139）
	南宋（1127—1279）	岳飞（1103—1142） 陆游（1125—1210） 杨万里（1127—1206） 朱熹（1130—1200） 张孝祥（1132—1170） 陆九渊（1139—1193） 辛弃疾（1140—1207） 姜夔（约 1155—1221） 陈亮（1143—1194） 丘处机（1148—1227） 叶绍翁（1194—1269） 文天祥（1236—1283）
元④（1206—1368）		关汉卿（约 1234 前—约 1300） 马致远（约 1250—1321 以后） 张养浩（1270—1329） 王冕（1287—1359） 萨都剌（约 1307—1355？）

明（1368—1644）	宋濂（1310—1381） 刘基（1311—1375） 于谦（1398—1457） 钱鹤滩（1461—1504） 王阳明（1472—1529） 杨慎（1488—1559） 归有光（1507—1571） 汤显祖（1550—1616） 袁宏道（1568—1610） 张岱（1597—约1676） 黄宗羲（1610—1695） 李渔（1611—1680） 顾炎武（1613—1682）
清⑤（1616—1911）	徐灿（约1618—约1698） 纳兰性德（1655—1685） 彭端淑（约1699—约1779） 袁枚（1716—1797） 戴震（1724—1777） 龚自珍（1792—1841） 魏源（1794—1857） 曾国藩（1811—1872） 康有为（1858—1927） 谭嗣同（1865—1898） 梁启超（1873—1929） 秋瑾（1875—1907） 王国维（1877—1927）

说明

① 一般来说，把公元前770—公元前476年划为春秋时期；把公元前475—公元前221年划为战国时期。

② 9年，王莽废汉帝自立，改国号为"新"；23年，王莽"新"朝灭亡，刘玄恢复汉朝国号，建立更始政权；25年，更始政权覆灭。

③ 690年，武则天称帝，改国号为"周"；705年，武则天退位，恢复国号"唐"。

④ 1206年，铁木真建立大蒙古国；1271年，忽必烈定国号为元。

⑤ 1616年，努尔哈赤建立后金；1636年，改国号为清；1644年，明朝灭亡，清军入关。

出版后记

"中华古诗文经典诵读工程"于 1998 年由中国青少年发展基金会发起。作为诵读工程指定读本的《中华古诗文读本》于同年出版。二十五年来，"中华古诗文经典诵读工程"影响了数以千万计的读者，《中华古诗文读本》因之风行并被称誉为"小红书"。

为继续发挥"小红书"的影响力，方便读者从中汲取中华优秀传统文化的养分，中国青少年发展基金会、中国文化书院、陈越光先生与中国大百科全书出版社决定再版"小红书"，并且同意再版时秉持公益精神，践行社会责任，以有益于中华传统文化普及与中小学生文化素养提高为首要目标。

"小红书"已出版二十五年。为给读者更好的阅读体验，在确保核心文本不变的前提下，我们征求并吸取了广大读者的意见，最后根据意见确定了以下再版原则：版本从众，尊重教材；注音读本，规范实用；简注详注，相得益彰；准确诵读，规范引领；科学护眼，方便阅读。可以说，这是一套以中小学生为中心的中国经典古诗文读本。

"小红书"以其中国特色、中国风格、中国气派、中国思想而备受读者青睐，使其畅销多年而不衰。三百余篇中国经典古诗文，不仅是中华民族基本思想理念的经典诠释，也是中华儿女道德理念和规范的精彩呈现。前者如革故鼎新、与时俱进的思想，脚踏实地、实事求是的思想，惠民利民、安民富民的思想等；后者如天下兴亡、匹夫有责的担当意识，精忠报国、振兴中华的爱国情怀，崇德向善、见贤思齐的社会风尚等。细细品之，甘之如饴。

四十余年来，中国大百科全书出版社坚守中华文化立场，一心一意为读者出版好书，积极倡导经典阅读。这套倾力打造的《中华古诗文读本》值得中小学生反复诵读，希望大家喜欢。

由于资料及水平所限，书中不妥之处在所难免，敬请读者批评指正，我们将不胜感激！

2023 年 6 月 6 日